UNA AVENTURA INESPERADA

reloj de cuentos

D.R. © CIDCLI, S.C.

Av. México 145-601, Col. del Carmen
Coyoacán, C.P. 04100, México, D.F.

Primera edición, México, 1985
Segunda edición, México, 1990
Tercera edición, México, 1993
ISBN 968-494-017-3

Texto: Isabel Fraire
Ilustraciones: Felipe de la Fuente

UNA AVENTURA INESPERADA

Era domingo y llovía. La televisión estaba descompuesta. Mala suerte. Además, para colmo de males, habían dejado a Luis castigado en su casa mientras sus papás y sus hermanitos se iban de paseo. ¿Qué hacer?

CHILDREN'S ROOM

Aburrido de jugar solo con los juguetes que habían traído los Santos Reyes y que estaban ya todos mochos e incompletos, Luis miró alrededor, y se fijó en la puerta que comunicaba la sala con el despacho de su papá, lugar permanentemente prohibido para los niños de la casa. Esa puerta siempre estaba cerrada con llave, pero ahora, al no tener qué hacer, se le ocurrió a Luis ver si podía abrirla. Se había fijado con cuidado en un programa de televisión en que se veía a los ladrones

abrir las cerraduras con horquillas y cordones y, sintiéndose todo un *Raffles*, ayudado con un pasador de su mamá y un cordón que se quitó del zapato, Luis sintió finalmente que cedía la puerta y se abría, mientras le latía fuertemente el corazón.

Una vez adentro del despacho, Luis, que jamás había estado en él sino en compañía de su papá, y eso muy pocas veces, se sintió al mismo tiempo muy asustado y muy importante.

Olía a cerrado. El gran escritorio de madera barnizada tenía una ligerísima

capa de polvo. También en el sillón de
cuero negro, digno y solemne, relucía una
capa de finísimas partículas plateadas. En
una pared había un estante largo lleno de
unas como cajas con letras en el lomo; en
otra un librero con puertas de vidrio, lleno
de libros.

Al probar los cajones del escritorio, Luis descubrió que estaban cerrados con llave, pero esta vez no se atrevió a violar la cerradura. A falta de otra cosa se acercó al librero. Ése no estaba cerrado con llave, sino con un pasador. Lo abrió.

Aunque Luis había estado antes en el

despacho, jamás se había fijado en los libros. Siempre había estado demasiado impresionado por el ambiente del lugar, o escuchando lo que le decía su papá. En cambio ahora, sin otra cosa qué hacer, comenzó a leer los títulos que los libros tenían en el lomo.

Había un diccionario de español muy grande. Uno de latín muy chiquito. Un diccionario español-inglés, inglés-español. Una *Geografía de México*. Una *Historia de México*. Luis seguía revisando los títulos. Encontró un libro que se llamaba *Azul*. ¡Qué chistoso! Lo abrió y vio que estaba lleno de versos. Lo cerró. Siguió recorriendo los títulos. *Sinuhé el egipcio* le pareció un título interesante, pero al abrirlo vio que tenía letritas tan chiquitas como el diccionario, y ninguna ilustración.

Lo guardó otra vez en su lugar. *La sucesión presidencial; Viaje a la India; Memorias de Guillermo Prieto; Sandokan; La güera Rodríguez; La isla del tesoro; Corazón, diario de un niño.*

¡Diario de un niño! ¿Qué sería eso? Luis sacó el libro y comenzó a hojearlo. Tenía bonitos dibujos. Se veía un salón de clases. Luego un barco en alta mar. Un camino que atravesaba entre montañas picudas y por el cual avanzaba una fila de llamas. Luis las reconoció porque las había visto retratadas en su texto de geografía.

Terminó de ver todas las láminas y lo guardó. Ahora con más interés, Luis siguió sacando, hojeando, y volviendo a meter los libros hasta que, finalmente, regresó al que tenía en la cubierta dos espadachines enfrascados en tremenda batalla, mientras asomaban, por entre las hojas de un árbol, los ojos llameantes de un tigre a punto de saltar. Lo abrió en la primera página y comenzó a leer.

A medida que iba leyendo se iba convirtiendo en un pirata, alto, fornido,

valiente, que sabía manejar con destreza
sin igual la cimitarra y las pistolas. Se
tenía que enfrentar a enemigos temibles y
poderosos, pero su inteligencia rápida y
certera le permitía adivinar siempre sus
intenciones y tenderles trampas en las que

caían inevitablemente. Él y sus piratas
ganaban siempre todas las batallas y las
mujeres lo veían con ojos de azorada
admiración cuando, galantemente, les
salvaba la vida. Luis terminaba un capítulo
y comenzaba otro sin pensar en el tiempo

que iba transcurriendo. Había olvidado por completo que estaba en un lugar prohibido y que sus padres podían regresar en cualquier momento y descubrir que había violado la cerradura y abierto el librero que jamás tocaba nadie.

Pero realmente, los paisajes tropicales de los mares del sur, las batallas campales entre piratas, los enfrentamientos con tigres de Bengala y los romances con hermosísimas princesas tenían a Luis tan absorto que, sin pensarlo, alargó la mano y

prendió la lámpara que estaba en el escritorio cuando comenzó a oscurecer, sin recordar por ello la inminente llegada de sus padres.

La mamá y el papá de Luis, que habían llevado a los demás hermanos al cine y luego a visitar a sus abuelitos donde les dieron de merendar, se acordaron finalmente que había que regresar a casa, porque al día siguiente los niños tenían que levantarse temprano para ir a la escuela. Además, habían dejado a Luis

solo, pobrecito. Cierto que estaba castigado por portarse mal, pero de todos modos no era justo dejarlo solo tantas horas.

Llegaron a la casa ya noche, esperando ver a Luis todo compungido, calladito, tal vez sentado en la cocina, o en su cama. Pero no lo encontraron ni en la cocina ni en la recámara. Tampoco en el baño ni en el patio, donde salió a recibirlos el gato. Ni en la sala, donde la televisión seguía apagada y sólo había dos pececitos

dando vueltas en una pecera. ¿Dónde estaría? El papá de Luis, ya desesperado, pensó que tal vez su hijo había salido a la calle y lo había atropellado un coche. Había que hablar a las cruces, a la policía.

Entró precipitadamente en su despacho en busca de los directorios telefónicos que guardaba en su escritorio y…

Allí estaba Luis, sentado en el suelo, a la luz de la lámpara, embebido en la lectura.

Su primer impulso fue descargar su ira, ya que toda la preocupación que había sentido por su hijo se le convertía en furia al verlo sano y salvo... pero al verlo sentado en el suelo, absorto en un libro, como recordaba haber estado tantas veces él mismo en su ya lejana infancia, devorando libro tras libro de aventuras, se enterneció. Era la primera vez que veía a su hijo leyendo.

Luis sintió la presencia de su padre y levantó la mirada. Ya no se acordaba que

estaba en un lugar prohibido. Con una sonrisa que no acertaba a dibujarse, preguntó:

—¿Son tus libros, papá?

—Sí —contestó su padre.

—¿Por qué nunca me los habías enseñado? —preguntó Luis.

—No sé. Pensé que no te interesarían. Como ahora se usa tanto la televisión… el cine…

—¡Este cuate, Sandokan, es a todo dar! —exclamó entusiasmado Luis.

Sí, ya lo sé, —reconoció el padre—, ¿pero ya viste *La isla del tesoro*? ¿Y *El Capitán Sangre*?

—Todavía no. Pero si me los prestas…

—Claro que te los presto. No sólo te los

presto. ¡Te los regalo! Desde ahora son
tuyos y de tus hermanos. Vamos a poner un
librero junto a tu cama, y así podrás leerlos
cuando quieras… Y los que no puedan leer
solos tus hermanos, tú se los lees, ¿verdad?

Y desde entonces Luis y sus hermanitos comenzaron a leer los libros que habían sido y su papá cuando era chico. Y además, con sus domingos, iban comprando otros. Y ya nunca se volvieron a aburrir cuando se descomponía la televisión o cuando llovía en domingo por la tarde.